Die Vroulike Afrigter

Erika Sanders

Reeks

Oorheersing en Erotiese Onderwerping

Opsomming

Erika dink haar vroulike afrigter is baie sexy. Sal sy iets doen as sy alleen by haar is?...

Die Vroulike Afrigter is 'n verhaal met sterk erotiese BDSM-inhoud en behoort op sy beurt ook tot die **Oorheersing en Erotiese Onderwerping**, 'n reeks romans met hoë romantiese en erotiese BDSM-inhoud.

(Alle karakters is 18 jaar of ouer)

Erika Sanders is 'n internasionaal bekende skrywer, vertaal in meer as twintig tale, wat haar mees erotiese geskrifte, weg van haar gewone prosa, met haar nooiensvan onderteken.

Indeks:

DIE VROULIKE AFRIGTER
ERIKA SANDERS

Ten spyte van die feit dat sy redelik uitgeput was van die dag se kollege-kursusse, het Erika steeds 'n poging aangewend om by die universiteitsgimnasium te oefen. Sy het dit nodig gehad. Eerlik gesê, sy was die swakste speler in die sagtebalspan.

Seker, sy was al in goeie vorm, maar in vergelyking met die ander meisies in die span was sy eenvoudig nie goed genoeg nie en dit was 'n wonderwerk dat sy selfs die span gehaal het. Die span het 'n minimum aantal spelers benodig en Erika was daardie minimum.

Nadat sy 'n stoot/trek-roetine met verskeie masjiene uitgevoer het, het sy 'n blaaskans geneem voordat sy abs geslaan het. Sy het dertig herhalings vinnig agtereenvolgens op 'n bank gedoen, vir 'n minuut gerus en dan die stel nog twee keer herhaal.

Toe sy op die laaste stel sukkel, het sy opgekyk om 'n gesig te sien wat die lig blokkeer. 'n Vrou het lukraak oor haar gestaan met 'n sweterige gesig, 'n morsige poniestert en 'n handdoek om haar nek gedraai.

"Komaan, verteenwoordigers, verteenwoordigers, verteenwoordigers!" moedig die vrou grappenderwys aan.

Erika het dadelik herken dat dit Coach Bethy was. Sy het 'n paar ekstra herhalings op haar maag deurgedruk asof om haar taaiheid te bewys, en toe gaan staan om die Coach Bethy te groet.

"Haai daar," glimlag sy en haal diep asem uit die oefensessie.

Afrigter Bethy glimlag terug. "Jammer om jou oefensessie te versteur. Jy het 'n hupstoot nodig gehad."

"Ja, ek probeer om in beter vorm te kom."

"Ek is bly om te sien jy werk hard," het die afrigter Bethy geantwoord.

"Waarvan gepraat, was jy heeltyd hier? Ek het jou nie gesien nie."

Die Coach Bethy vee haar gesig met 'n handdoek af. "Ek was die afgelope halfuur in die sauna. Voor dit het ek 'n uur kardio op die trapmeul gedoen."

"Lekker."

"Is jy 'n hardloper, Erika?" sy het gevra.
"Hoe gereeld hardloop jy?"

"Nie soveel as wat ek wil hê nie. Ek
hardloop meer gereeld as daar nie skool
is nie. Miskien 3-5 myl."

"Wonderlik."

"Natuurlik het ek nie resultate soos jy
nie," het Erika geantwoord en opgemerk
dat die afrigter se spiere rimpel wanneer
hy asemhaal. "Ek bedoel, my god, jou
liggaamsbou is ongelooflik."

Afrigter Bethy het 'n bisep gebuig.
"Dankie. Baie harde werk."

"Ek bedoel, ernstig. Jy het goeie genetika."

"Op sommige maniere, maar in alle eerlikheid, is ek slim met my roetine."

"Enige geheime?" Erika het navraag gedoen. "Ek sal doodmaak om 'n liggaam soos joune te hê."

"Eerstens, dankie, dit is soet. Tweedens, wees trots op die liggaam wat jy het. Vroue is te hard op hulself. Ek dink elke vrou is pragtig op haar eie unieke manier. Wees jouself en rock wat jy het."

Erika knik. "O, ek stem beslis saam met daardie sentiment. Maar nie elke meisie is in 'n sportspan nie. Trouens, ek is op JOU span, en ons kans om wedstryde te wen sal eksponensieel toeneem as ek in beter vorm was."

Vir bykomende effek het Erika haar wimpers geslaan en die Coach Bethy het gelag.

"Vertel my jou tipiese oefenroetine en dieet. Dan sal ek jou 'n paar gedagtes gee as ek kan."

Erika het 'n vinnige oorsig gegee van haar gewone fiksheidsregime en voedingsplan; alles van hoe sy daarvan gehou het om te hardloop en watter oefeninge sy gedoen het.

"Ek dink ek het jou probleem gevind," het Coach Bethy in 'n afsluitende toon gesê.

"Wat is dit?"

"Jy het waarskynlik 'n plato bereik. Dit is wanneer jou liggaam so gewoond is aan dieselfde roetine dat dit ophou om aan te pas, dus maak jy nie meer winste nie."

Erika trek haar lippe saam. "Hmmm... Interessant. Ek gebruik al jare dieselfde roetine, so jy is dalk reg."

"Miskien lig swaarder gewigte op of probeer meer plofbare oefeninge. Verander dinge, vind iets lekker."

"Enige aanbevelings?"

"Persoonlik hou ek van swem," het die Coach Bethy geantwoord. "Dit is 'n lae impak op my gewrigte, hoë intensiteit, en dit gee my 'n gevoel van vryheid wanneer ek in die water is."

"God, ek was lief vir swem as kind. Minder toe ons gesin na 'n ander plek verhuis het. Ek het glad nie gaan swem sedert ek vir kollege verhuis het nie."

"Daar gaan jy. Probleem opgelos. Probeer swem. Swem hard, swem vinnig, maar moenie jouself te seer maak nie, anders sal jy nie behoorlik sagtebal kan oefen nie. As jy dit met 'n goeie dieet koppel, sal jy " sal groot veranderinge in jou liggaam opmerk."

“Die probleem is dat al die nabygeleë swembaddens altyd besig is,” het Erika gekreun. "Veral die universiteitspoel."

"Dit is waar, daarom kom ek altyd vroeg kampus toe en swem alleen. Die skedule werk perfek vir my."

"Swem alleen? Dit moet lekker wees. Ek kan net droom."

"Svoel ek jaloesie?" het die afrigter
Bethy geterg. "Ja, ek het die swembad
heeltemal vir myself. Dit is terapeuties
vir my, beide fisies en geestelik. Dit is 'n
goeie manier om 'n besige dag te begin."

"Ek is heeltemal jaloers."

"Jy is welkom om by my aan te sluit,
solank jy dit geheim hou."

"Is jy seker?" vra Erika, verstom oor die
aanbod.

"Hoekom nie? Sal jy ongemaklik wees?"

"Hang af. Is jy 'n reeksmoordenaar?"

Afrigter Bethy skud haar kop. "Nee, maar
ek is dalk 'n reeksmoordenaar wat ander

reeksmoordenaars, soos Dexter, doodmaak."

"Werk vir my," antwoord Erika, voordat sy stilstaan om te dink. "Ek pla jou nie, of hoe? Ek bedoel, ek wil nie jou privaat tyd versteur nie."

"Onsin. Ek sal Maandagoggend 6:45 by die swembad wees. As jy belangstel, wees betyds, en bring 'n handdoek en swemklere. Ons sal 'n uur alleen hê."

"Dis 'n afspraak," glimlag Erika.

Die afrigter Bethy het 'n vraende kyk gegee. "Interessante woordkeuse. In elk geval, ek moet gaan en ek het 'n stort nodig. Jammer om jou buikoefening te onderbreek."

"Geen bekommernisse. My abs suig in
elk geval."

Die afrigter Bethy het Erika se maag
gesteek. "Maandagoggend. Ek sal jou 'n
paar goeie ab-roetines in die swembad
wys."

"Dink jy dit sal vir my werk?"

"Dit het vir my gewerk," antwoord die
afrigter, vryf oor haar eie plat maag, voel
die stywe spiere.

In alle erns, Erika was weggewaai deur die kans om privaat saam met die Coach Bethy te oefen. Hierdie vroulike afrigter was immers 'n wonderlike mens en in fantastiese vorm.

Ten diepste het Erika altyd daarvan gedroom om daardie meisie te wees. Die meisie wat die wenhou geslaan het, dan het die hele span haar op hul skouers opgelig, sodat sy as 'n held om die veld geparadeer kon word. Dit was onwaarskynlik, maar nietemin 'n fantasie.

Maandag het sy betyds opgedaag en Coach Bethy gegroet. Nadat hulle die swembad oopgesluit het, die ligte aangeskakel en die hitte aangeskakel het, is hulle na die kleedkamer om te kleed. Hulle het hul swemklere in verskillende kleedkamers aangetrek sodat hulle mekaar nie kaal sou sien nie.

Hulle het mekaar by die swembad-area ontmoet waar hulle 'n oomblik geneem het om mekaar se swemklere te bewonder.

"Is dit nuut?" het die afrigter Bethy gevra.

"Jip. Ek het dit die naweek gekoop."

"Mooi. Lyk of jy gereed is om te gaan."

Hulle het hul opwarmings gedoen en hul ledemate vir 'n paar minute losgemaak. Toe hul lywe warm was, het hulle in die swembad ingeduik en rondtes geswem.

Eers normale tempo. Dan het hulle vinnig heen en weer tussen albei punte van die swembad geswem en aan hul krag en kardio-uithouvermoë gewerk.

Na tien rondtes met baie min rus tussenin, het hulle teen die kant van die swembad geleun met hul arms op die beton.

"Dit was intens," blaas Erika met 'n swaar asem.

"Dit was. En ek is mal daaroor."

Erika se hartklop het na normaal beweeg. "Ek sal beslis môre seer wees."

Afrigter Bethy lig 'n wenkbrou. "So jy dink ons is al klaar?"

"Is ons nie?" Erika het geantwoord.

"Jou abs, onthou? Wou jy nie daaraan werk nie?"

"Ek dink ek het genoeg van 'n kernoefensessie gekry om daardie rondtes te swem."

'n Sadistiese glimlag het oor die vroulike afrigter se lippe gekom. "Onsin. Ons is reeds in die swembad, so ons kan net sowel doen waarvoor ons hierheen gekom het. Volg my leiding. Sit jou rug teen die muur, hou vas aan die beton met jou arms, en doen beenopheffings. Soos hierdie ."

Afrigter Bethy het met voorbeeld gelei, haar rug teen die muur gesit, haar arms op die beton laat rus, en dan beenverhogings gedoen sodat haar voete uit die water sou plof. Sy het verskeie herhalings gedoen. Erika het dieselfde gedoen, maar het gesukkel na die derde rep.

"Dit is moeilik," sug Erika en sit haar voete terug. "Dit is soveel moeiliker met die water wat weerstand byvoeg."

"Dit is die punt."

"Ek kan nie aangaan nie."

"Seker jy kan, net nog 'n paar herhalings."

Erika steek haar tong uit. "Ughhh....kan jy my darem help?"

"Sekerlik."

Dit was toe dat die afrigter haar hande in die water steek om Erika by te staan deur onder haar onderbene te druk, sodat meer herhalings gedoen kon word.

"Nou, dit is wat ek uitwerk noem," glimlag Erika terwyl die afrigter gehelp het om haar bene op te lig vir nog 'n paar herhalings.

"Ek is verbaas ek het jou nog nie weggeskrik nie, om eerlik te wees."

"Van die oefensessie af? Ek is nie die beste natuurlike atleet nie, maar ek is ook nie 'n quitter nie. Al het ek 'n oomblik gelede probeer ophou. Ek is aanhoudend wanneer ek moet."

Erika het voortgegaan om beenverhogings in die water te doen terwyl die afrigter haar bewegings bygestaan het.

"Ek bedoel die ander ding," het Coach Bethy gesê. "Jy lyk nie soos die tipe nie. Dis hoekom ek verbaas is."

"Nou is ek heeltemal deurmekaar."

"Toemaar."

Erika sit haar bene neer en hulle kyk na mekaar. "Jy het verlede week na iets sinspeel oor jy nie saam met my wil oefen nie. Nou impliseer jy weer iets. Is daar iets wat ek mis? Ek bedoel, is jy 'n reeksmoordenaar of wat? Ek belowe ek sal nie vertel nie. "

"Weet jy nie?" het die afrigter Bethy gevra. "Ek is 'n lesbies. Ek dink jy is die enigste meisie in die span wat nog nie gehoor het nie."

"O..."

"Het jy nie die memo gekry nie?"

"Ek het nie geweet daar is een nie," trek Erika haar skouers op.

"Ek verstaan dat dit 2023 is, en ek stel nie voor jy is homofobies of enigiets nie. Maar sommige van die meisies in die span kom uit godsdienstige agtergronde, wie se ouers baie geld bydra tot hierdie akademiese instelling. Dit is 'n moeilike ding. "

"Smeer hulle jou af?"

Afrigter Bethy skud haar kop. "Nee, niks so nie. Dit is 'n lang storie. Maar basies het sommige van die meisies in die span gesien hoe ek 'n vroulike professor in die kleedkamer soen."

"'n Vroulike professor?" vra Erika en steek haar verbasing weg.

"Ja, 'n vroulike professor. Dit was 'n kortstondige ding. Die onderwyser kon nie wag nie en kom in en ons het gesoen. Ek het gedink ons het genoeg privaatheid so ek het dit toegelaat. In elk geval, hulle het dit gesien en was net so geskok soos jy is. Ons het gepraat en hulle het ooreengekom om dit vir my geheim te hou. Meisies sal egter meisies wees, en ek weet hulle versprei inligting oor my. Ek het opgemerk van die vroulike spelers in die span giggel as hulle my sien. Haai, dis die lewe, reg?"

"Dit suig."

"Wat kan ek doen? Ek is nie in 'n posisie van voordeel hier nie."

"Dit is 2023, jy kan so gay wees as wat jy wil," het Erika gesê.

"Ek weet. Maar die stigma sal daar wees, en ek wil nie dinge vreemd maak nie, want ek is baie rondom prominente lede van hierdie instelling. Lede wat, sal ons sê, baie meer tradisioneel as ons is. Nie dat dis 'n slegte ding. Dis maar hoe dit is."

"Vir die rekord, ek het geen probleem met jou leefstyl nie. Ek dink jy is pragtig en fantasties. En ek bedoel dit regtig uit die diepte van my hart."

"Dit beteken baie," het die afrigter Bethy geglimlag. "Ek was in elk geval nie seker wat jou sienings was nie. Dit is hoekom ek gehuiwer het oor ons privaat oefen."

"Hoe weet jy watter kant toe ek swaai?"

"Jou oë is geneig om na my spiere te kyk. Nie na my borste, bene of lippe nie."

Erika glimlag. "Ek dink dit is 'n goeie maatstaf."

"Wel, ons beter uit die swembad klim voordat ons in pruimedante verander omdat ons so lank in die water was."

"Ek is nie klaar met my beenverhogings nie."

"Is jy nie?" het die afrigter Bethy gevra, wetende waarheen dit op pad is.

"Ek is seker ek kan 'n paar herhalings uitdruk. God weet my kern het al die hulp nodig wat dit kan kry."

"Ek neem aan jy het hulp nodig."

Erika druk haar rug teen die muur en
hou vas aan die beton. "Ek kan nie
hierdie beenverhogings in die swembad
doen sonder jou hulp nie. Ek is duidelik
nie so sterk soos jy nie."

"Ek dink dit is baie sterk om aan jou
fiksheid te verbind."

Afrigter Bethy het haar hande in die
water gedruk en haar hande weer onder
Erika se dye geplaas en haar gehelp om
die been in die water te lig. Die
stemming tussen hulle het verander. Dit
was asof hulle nader gekom het van die
inligting wat hulle gedeel het. Binding is
geneig om so te gebeur.

"Hoe voel dit?" het die afrigter Bethy
gevra. "Brand nog?"

"Praat jy van my kern of jou hande naby
my gat?"

Afrigter Bethy het 'n skyngesug gegee.
"Antwoord dit soos jy wil."

"Albei brand. Op 'n goeie manier."

Die vroue het vir mekaar geglimlag, en
na nog 'n paar van die geassisteerde
verteenwoordigers het Erika gesmeek
om op te hou terwyl haar maagspiere
pyn. Die Coach Bethy laat gaan en Erika
sit haar bene op die swembadvloer neer.

"Jy is 'n goeie sport," het die afrigter
Bethy bly gesê. "Ek hou van jou
werksetiek."

Erika is skielik gespanne. "Kan ek jou iets vra? Dit is nogal 'n verleentheid, maar ek wil jou in elk geval vra."

"Natuurlik, enigiets."

"Wanneer het jy geweet? Ek bedoel, jy weet wat ek bedoel. Maar wanneer het jy geweet?"

Natuurlik het die afrigter Bethy die vraag verstaan. "Ek het nog altyd geweet. Hoekom? Is my instinkte verkeerd oor jou?"

Erika skud haar kop. "Nee, wel, ek weet nie. Dit is ingewikkeld."

"Hmmm..." neurie die Coach Bethy onder haar asem. "Jy is 'n interessante een."

"Hoekom? Omdat ek vroulik vreemd is
en nie in die stereotipiese bokse val
nie?"

"Kan wees."

"Wel, dit is gerusstellend," antwoord
Erika.

"Dit is oukei om nuuskierig te wees. Dit
is heeltemal natuurlik. Maar ek is nie
seker of ek die regte persoon is met wie
jy moet praat nie. Ek is 'n vroulike
werknemer van hierdie skool en ek is
gebonde aan etiese riglyne."

"Ek is 'n volwassene."

Afrigter Bethy haal diep asem. "As jy
nuuskierig is oor iets, dan is ek hier vir
jou. Ek weet jy is in 'n uitdagende tyd in

jou lewe, om 'n jong vrou op universiteit
te wees."

"Dankie."

"Was daar iets spesifiek waaroor jy wou
praat?"

"Hoe het die eerste keer gebeur?" Erika
het haarself gedwing om te vra. "Ek
bedoel, het jy die ander persoon
agtervolg? Of het die ander persoon jou
agternagesit?"

"Dit was wedersyds, om eerlik te wees.
My eerste keer was omtrent jou
ouderdom toe ek op universiteit was. Ek
was kamermaats met hierdie meisie. Ek
sal jou die besonderhede spaar. Maar ek
het geweet wat ek was. Sy was op die
heining omtrent dinge. Die een ding wat
ons gemeen het, was dat ons dit regtig
geslaan het. Ons het goeie chemie saam

gehad, en verbasend genoeg was sy tot my aangetrokke."

"Ek vind dit glad nie 'n verrassing nie. Jy is warm."

Die afrigter Bethy het geglimlag, "Dankie. Maar dit was my eerste keer. Dit het soort van net een aand gebeur toe ons saam studeer het. Ek sal jou die sexy stukkies spaar."

"Studeer dan soen. Dit klink nogal cool."

"Ek kan steeds nie glo my instinkte was verkeerd oor jou nie."

Erika trek sy skouers op. "Ek hou sekere dinge oor myself noukeurig bewaak. Ek is goed met geheime. Ek het nog nooit voorheen hierdie gesprek met iemand gehad nie."

"Wel, ek is gevlei. Nou, hoekom vra jy? Het jy iemand in gedagte gehad? Enigiemand met wie jy belangstel om uit te gaan?"

"Gosh nee. Ek sal erken, ek dink so aan sommige van my vroulike vriende, en ek sal nie omgee om hulle te soen nie, maar niemand het nog 'n skuif op my gemaak nie."

Afrigter Bethy lag. "Is dit hoe jy jou lewe leef? Wag jy vir ander om die eerste skuif te maak?"

Erika knik.

"Dit is nie 'n goeie lewensstrategie nie," het die afrigter Bethy geantwoord. "Om die waarheid te sê, dit is 'n verskriklike lewensstrategie."

"Wat is die alternatief? Gaan rond en slaan op meisies by die plaaslike kroeg? Kry 'n lesbiese Tinder-toepassing op my foon? Ek sal nie weet wat om te doen nie."

"Hmmm..."

"Wat beteken dit?"

Die afrigter skud haar kop. "Toemaar."

"Nee vertel my."

"Niks nie. Ek het net gedink dat aangesien jy 'n geheim kan hou, ons oor die weg kom, en jy was nuuskierig, kon ek jou met jou klein dilemma gehelp het. Natuurlik sou dit 'n skending van etiek wees."

Erika se oë het groot geword en sy het geen poging aangewend om haar emosies weg te steek nie. Kan so 'n aanbod werklik op die tafel wees? Net om daaraan te dink het haar bene in die swembad laat kruis. Sy het ook geen poging aangewend om dit weg te steek nie. Trouens, sy was seker dat Coach Bethy haar opwinding kon ruik wat uit die swembad kom met behulp van superkragte.

"Ek kan 'n geheim hou," piep Erika.

"Reëls is reëls. Ek moes dit nie genoem het nie."

"So jy ry nooit bo die spoedgrens nie?"

"Dis anders."

"Hoe?"

Afrigter Bethy het 'n oomblik gedink.
"Sweer jy om nooit vir iemand te vertel
nie?"

"Ek sweer. As dit by geheime kom, is ek
betroubaar."

"As jy hierdie belofte verbreek, is die
straf die dood."

Erika knip haar wimpers en knik.
"Drievoudige vloek."

"Maak jou oë toe."

En dit was toe alles verander het. Erika
hou haar oë toe, voel hoe die water om
haar vloei, voel toe hoe 'n paar lippe
teen haar eie druk. Die soen het lekker,

sag en passievol gevoel. Dit was hoe 'n goeie soen moet voel. Dit was baie sagter as enige ander soen wat sy nog ooit gevoel het. Die sensasie van hul lippe wat aanraak, stuur 'n aangename gevoel op Erika se ruggraat.

Toe die Coach Bethy haar tong inglip, voel Erika hoe haar poesie hard saamklem. Haar bene het stywer gekruis en haar tone krul. Hulle tonge het vir 'n paar sekondes gestoei voordat die Coach Bethy weggetrek het.

"Jy kan nou jou oë oopmaak," het die afrigter gesê.

Erika het haar oë oopgemaak om die pragtige glimlaggende vrou te sien. "Dit was..."

"Nou weet jy hoe dit is. Nuuskierigheid is weg."

"Het jy daarvan gehou? Ek bedoel, doen dit aan my."

knik . "Eerlik, jy smaak lekker. Heerlik, selfs."

"Dankie," bloos Erika. "Jy ook."

"Ons gaan seker nou. Ek het klas oor omtrent 'n halfuur. Dit was lekker. Ons kan dit egter nooit weer doen nie."

"Hoekom nie?"

"Geen harde gevoelens nie, oukei? Ek sien jou môre by die oefening."

Toe die afrigter Bethy probeer het om die swembad te verlaat, het Erika se instinkte en hormone ingeskop, en sy het die vroulike afrigter om die middel gegryp en haar nader getrek sodat hulle weer gesoen het. Erika het haarself verras toe sy dit doen. Sy was selfs meer verbaas dat die Coach Bethy haar nie deur die gesig geklap het nie.

Toe eindig die soen en hulle kyk na mekaar.

"Ek is jammer dat ek jou so gegryp het," sê Erika met 'n sweempie spyt. "Ek weet nie wat oor my gekom het nie."

"Jy is jonk en jy geniet dit om te soen. Ek verstaan dit. Maar moet nooit dominant met my speel nie. Dit is my gimnasium. Ek is jou vroulike afrigter. Ek is in beheer."

Nou was dit die afrigter se beurt om beheer uit te oefen deur Erika in te trek vir 'n nog dieper soen, om te wys hoe dit

gedoen is. Die vroulike afrigter het 'n
ware gevoel van beheer oor die situasie
getoon en selfs haar hand onder gegly,
Erika se swembroek onderkant na die
kant getrek en twee vingers ingedruk,
nie gestop totdat Erika gekom het nie.

En Erika het in 'n japtrap gekom.

Dit was eintlik al waaraan sy kon dink. Na so 'n ervaring, hoekom dink jy aan enigiets anders?

Daarom was dit vir Erika 'n groot verrassing dat die Coach Bethy haar die volgende dag oënskynlik die koue skouer by die oefening gegee het. Weereens het die afrigter gunstelinge gespeel en die meeste van haar tyd spandeer om met die topspelers te kommunikeer en algemene instruksies te verskaf. Dit was verstaanbaar gegewe die druk vir die span om te wen.

Maar steeds, jy soen nie 'n meisie, laat haar in die swembad kom en maak asof dit nooit gebeur het nie. Dit is net nie reg nie. Erika het ten minste 'n glimlag en 'n waai hallo verwag, maar sy het dit nie eers gekry nie.

Erger nog, die afrigter Bethy het haar selfs gevra om die toerusting alleen weg te sit, aangesien dit haar 'beurt was om skoon te maak'. Sy het seker geword dat sy gestraf word vir haar te aggressiewe seksuele gedrag in die swembad, en dit was die afrigter se manier om haar te laat weet wie is baas.

Teen die tyd dat Erika uiteindelik kon stort, het sy haar tyd geneem en die geleentheid gebruik om te ontspan. Die ander meisies het reeds gestort, die kleedkamer verlaat, en arme Erika was alleen. Sy het haarself geskrop en haar hare sjampoe. Al waaraan sy kon dink, was hoe sy hierdie pragtige ervaring met die Coach Bethy gehad het, wat op een of ander manier deurmekaar geraak het.

Toe die sjampoe wegspoel en sy haar hare terugtrek, sien sy iemand in die hoek van haar oog en draai om om te sien hoe Coach Bethy daar staan, steeds geklee in 'n eenvoudige t-hemp en sweetpakbroek, wat teen die muur leun en na haar staar.

Erika skakel die stort af en laat die water uit haar lyf drup. Sy het geen probleem gehad om kaal voor haar vroulike afrigter te staan nie. Miskien was dit omdat sy al so uitgeput was; fisies van oefening, en emosioneel van haar waargenome mishandeling. Of dalk omdat dit opwindend was om haar vroulike afrigter haar so bloot te laat sien.

"Jy lyk oulik op hierdie manier," het die Coach Bethy met bewonderende oë gesê.

"Soos in naak?"

Afrigter Bethy glimlag. "Ja, jou tiete is mooi, soos ek hulle voorgestel het. Ek hou van die manier waarop water jou parmantige borste bedek, en daardie pienk tepels is om voor te sterf."

Die gerusstellende woorde het veroorsaak dat Erika haar ken hoog hou en haar bors vorentoe wys.

"Hou aan."

Afrigter Bethy het verder ondersoek. "Jy het 'n lieflike figuur. Sagte vel. 'n Lekker vorm. En 'n lekker ronde boud wat ek wens ek kon my gesig tussenin begrawe."

Erika klem haar boude wange by die blote melding van sy ronderige vorm.

"Miskien sal ek jou met my boude laat speel as jy nie vandag so afwysend teenoor my was nie. Het ons swembadding niks vir jou beteken nie?"

"Eerstens, jy is absoluut heerlik," het Coach Bethy bevestig. "Tweedens, die rede hoekom ek jou aangewys het om skoon te maak, is dat ons nou alleen sal wees."

Erika se poes knyp. "O."

"Ek sal eerlik wees; ek kan nie ophou om aan jou te dink nie. Maar terselfdertyd wil ek nie my werk of reputasie hieroor verloor nie."

"Ek kan 'n geheim hou," het Erika gesê.

"Sweer?"

"Ek sweer."

"Goed, want ek het 'n stort nodig," het Coach Bethy geantwoord. "Sal jy die water aanskakel en my help was?"

Erika se hart het 'n klop oorgeslaan. "Natuurlik, enigiets."

Erika het weer die stortwater laat loop terwyl sy kyk hoe die Coach Bethy haar klere op 'n immer-so-toevallige manier verwyder. Onder die afrigter se t-hemp was 'n swart sportbra wat klein borste bedek het. Die vroulike afrigter het haar skoene en sokkies uitgetrek en kaalvoet op die vloer gestaan; toe kom haar broek af en onthul haar broekie.

Die gekste ding was dat Coach Bethy uitgetrek het asof sy alleen was. Kyk na niemand nie. Geen huiwering nie. Niks sexy daaraan nie. Toe sy haar sport-bh en -broekie verwyder het, het sy haar naakte lyf met 'n bikini-bruin lyn om haar borste en kruis geopenbaar. Haar borste was klein, maar haar bruin tepels was groot en reeds styf.

Erika het gevries gebly toe haar vroulike afrigter haar nader en onder die water klim om haarself te spoel. Toe stap sy eenkant toe.

"Sjampoe," sê die afrigter met haar rug gedraai. "Gebruik dan jou skrop op my."

"Ja, afrigter Bethy."

Erika het met gretige hande 'n voldoende porsie sjampoe in haar handpalms gesit en dit op haar afrigter se hare gevryf. Sy het gestreel en masseer totdat wit skuimige borrels oral was. Dit was lekker en vreemd eroties om 'n ander vrou se hare te was.

Volgende het die prettige deel gekom. Erika het haar hande in die stortwater gewas en dan gel op 'n skrop gesit.

"Oral?" vra Erika.

Afrigter Bethy het omgedraai om Erika in die gesig te staar, sodat hulle van aangesig tot aangesig, naak, was.

"Oral."

Erika haal diep asem en gaan werk aan Bethy se liggaam. Begin eers met die 'veilige' spasies, soos die skouers en arms, voel die maer spiertonus. Toe beweeg sy op haar borste. Haar oë bewonder die bruin lyne. Erika wou bitter graag daardie groot bruin tepels knyp, maar sy het nie toestemming gehad nie, so sy het dit vermy. Sy het nietemin die skrop gebruik om oor die tepels en borste te druk, terwyl sy kyk hoe hulle effens skud. Die bene is laaste gedoen.

"Nou, sit die skrop neer," het die afrigter Bethy gesê. "Vryf my vel. Dis hoe lywe skoongemaak word, nie waar nie?"

"Ja," antwoord Erika.

Dit was pure genot toe Erika haar kaal hande oor die vroulike afrigter se seperige vel vryf en die toon en vlees voel. Sy kon uiteindelik daardie borste voel, selfs daai tepels vryf (al kon sy steeds nie die moed bymekaarskraap om dit te knyp nie). Sy het selfs die vroulike afrigter se atletiese dye, kuite en stewige boude gevryf.

"Oral," sê Coach Bethy en draai haar rug na Erika. "Vryf my klit."

Erika hyg. "Is jy nie bang iemand vang ons nie?"

"Teen hierdie tyd van die dag behoort niemand hier terug te wees nie. Hoe dit ook al sy, dit is die beste om gou te maak."

"Wat presies wil jy hê moet ek doen?"

"Laat my klaarkom."

Erika sluk. "Reg. Jy wil hê ek moet die guns uit die swembad teruggee."

"Slim meisie."

Erika druk die voorkant van haar naakte lyf teen die vroulike afrigter se naakte agterkant. Dit het elektries gevoel. Toe reik sy vorentoe met haar regterhand en raak aan die vroulike afrigter se kruis en buitenste skaamlippe. Dit het soos weerlig gevoel. Toe vryf sy die vroulike afrigter se klitoris. O God...

Dit was redelik eenvoudig. Erika het haar normale masturbasie roetine met twee vingers op die vroulike afrigter se poes geïmplementeer en die reaksie was onmiddellik. Afrigter Bethy kreun en leun haar kop agteroor van die plesier.

"Jy is so goed daarmee," het die Coach Bethy gekreun. "Waar was jy my hele lewe lank?"

Erika het aanhou om haar klit te vryf. "Nou kan ek jou hulpvroulike afrigter wees."

"Presies. Nie-amptelik, dit wil sê. Perfek vir stresverligting in enige omstandighede. Moenie ophou nie, ek gaan klaarkom."

Om daardie woorde te hoor, het net 'n vuur onder Erika aangesteek. Sy het die vroulike afrigter se naakte lyf styf vasgehou en verwoed gevryf.

Skielik het die vroulike afrigter se lyf gespan en sy het haar kop verder agteroor geleun. Sy haal diep asem in en hou dit vas, asof haar hart gaan staan het, toe blaas sy alles uit. Al haar stres vir die dag was in 'n oomblik weg, heeltemal met plesier vervang.

"Dit was 'n plesier," het die Coach Bethy asemgehaal.

"Jy weet, as my hande nie met seep bedek was nie, sou ek nou my vingers afgelek het."

Afrigter Bethy het omgedraai sodat hulle mekaar in die gesig staar. "Is dit wat jy normaalweg doen nadat jy masturbeer?"

"As ek in die regte bui is."

"Goeie meisie."

Hulle het gegiggel en mekaar op die lippe gesoen. Toe stap hulle saam in die stortwater en laat die seep in die drein afvloei.

Toe hulle die water afsluit, het hulle nog 'n bietjie gesoen, en toe skielik hoor hulle dit: praat en lag. Twee of drie meisies het pas die kleedkamer binnegekom.

"O, fok," fluister Erika in 'n asemhaling. "Ons moet aantrek."

"Geen tyd nie. Volg my."

Afrigter Bethy het Erika aan die pols
gegryp en haar uit die stort getrek
terwyl sy in die proses haar eie klere
gegryp het. Hulle het na die agterkant
van die kleedkamer gestap waar die
afrigter haar klere op 'n bankie gegooi
het en haar vinger op haar lippe gesit het
om te sê: 'Shhh...'

Hulle het stil daar gestaan, naak, hulle
liggame drup van water terwyl hulle na
die meisies geluister het. Dit was drie
vrouespelers in die sagtebalspan. Ironies
genoeg was dit dieselfde groep
godsdienstige meisies wat 'n rukkie
terug die vroulike afrigter se lesbiese
geheim ontdek het.

Daardie verdraaide sin van ironie het
afrigter Bethy net van naderby laat

glimlag en Erika se skoonheid van naderby laat bewonder, terwyl Erika se rug teen die sluitkas gedruk is.

"Moenie 'n geluid maak nie," fluister Coach Bethy.

Terwyl die meisies hard onder mekaar gepraat het, het die vroulike afrigter se tong vir Erika gesoen, en Erika het reg terug gesoen so stil as wat hulle kon.

Maar dit was nie net soen waarna Coach Bethy gesoek het nie. Glad nie. Die afrigter sak op haar knieë en kyk op met 'n duiwelse blik in haar oë. Dit het Erika dadelik senuweeagtig gemaak. Sy het geweet dat as sy deur haar ervare vroulike afrigter geëet word, daar geen manier was dat sy haarself kon bedwing nie. Daar was geen keuse nie.

Afrigter Bethy het een van Erika se bene opgelig en haar voet op die bank geplaas, wat Erika met 'n gesprei, nat poes gelaat het. Die afrigter het weer die 'Shhh....'-gebaar gemaak en begin eet, terwyl sy die lippe van haar mond teen die lippe van Erika se poes druk.

Op haar beurt het Erika haar kakebeen toegedruk. Erika het albei haar handpalms oor haar mond gedruk om enige geraas wat kan ontsnap, te onderdruk. Sy het haarself gedwing om stil te bly terwyl die vroulike afrigter 'n kundige mondelinge vertoning gelewer het; voel hoe die tong in en uit duik, voel hoe haar skaamlippe gesuig word, en af en toe voel die warm tong oor haar klitoris flikker.

Dit het haar mal gemaak, veral om te luister hoe die vroulike spelers in die span kru grappies oor hul sekslewe maak. Dit was ook opwindend om daardie spelers af te luister terwyl hulle

'n geheime lesbiese ontmoeting met die
Coach Bethy gehad het.

Die gevoelens het in Erika opgebou en sy
het geweet sy gaan bars. Sy was bang om
te skree omdat hulle gevang sou word.

Sy het die Coach Bethy op die kop getik
en die woorde uitgespreek: "Ek gaan so
fokken hard kom."

In plaas daarvan om te stop, het die
Coach Bethy net meer opgewonde gelyk
en weer die 'Shhh...'-gebaar gemaak.

Afrigter Bethy het teruggegaan om Erika
se poes te eet, hierdie keer met meer
krag, en twee vingers in die opgewekte
gat gedompel. Dit was genoeg om Erika
mal te maak. En dit het haar laat kom.

Erika het haar eie mond met twee hande toegemaak en alles gedoen wat sy kon om nie te skree nie. Sy voel hoe 'n stroom vloeistof in die vroulike afrigter se mond inskiet, en vir 'n oomblik het sy gewonder of die Coach Bethy sou opstaan en haar klap. In plaas daarvan het die vroulike afrigter aangehou suig. Dit is duidelik dat die Coach Bethy dit geniet het om dit te drink.

Toe dit klaar was, het die afrigter Bethy opgestaan en haar nuwe gunsteling vroulike speler in die span omhels, hul naakte lywe en harde tepels raak aan mekaar. Hulle het daar gestaan en mekaar in die oë gekyk, terwyl hulle na die ander meisies luister wat nog praat. Daar was vloeistowwe oral in die vroulike afrigter se mond.

Uiteindelik is die ander vroulike spelers weg en hulle was weer alleen.

"Kan ek jou 'n geheim vertel?" Het afrigter Bethy gevra.

"Enigiets."

"Dit is eintlik 'n groot fetisj van my. Om meisie-/meisie-dinge so in die kleedkamer te doen. Dit is 'n groot adrenalienstormloop vir my. Daar is niks soos dit nie. Ek is bly ek het dit saam met jou kon ervaar."

Erika het gesug, "Fok, dit was so vrek warm. Ek dink ek het my nuwe gunsteling stokperdjie gevind."

"Welkom in my wêreld. Jy is die eerste vroulike speler in my span met wie ek nog ooit geflous het, en ek weet nie wat om te doen nie. Ons sal dit uitvind soos ons aangaan, in die veronderstelling dat jy wil gaan voort. Intussen word dit laat, en ons beter aantrek."

Hulle het weer op die mond gesoen,
maar hierdie keer proe Erika haar eie
spuit op die vroulike afrigter se mond.
Toe die vroulike afrigter die soen
beëindig, het sy haar klere gegryp en
weggestap.

"Wag," sê Erika voor die afrigter Bethy
kon gaan. "Jammer dat ek so in jou mond
spuit. Ek het nie bedoel nie."

Afrigter Bethy het geglimlag, "Soos ek
gesê het, jy is heerlik."

Die sessie was verby en die afrigter het
weggestap, klere in die hand, met haar
kaal boude wat met elke tree wieg vir
Erika om te bewonder.

EINDE